KB137516

문득,

문득,

지은이 | 손남주

발행 | 2019년 9월 1일

펴낸이 | 신중현
펴낸곳 | 도서출판 학이사
출판등록 | 제25100-2005-28호

대구광역시 달서구 문화회관11안길 22-1(장동)
전화_(053) 554-3431, 3432 팩시밀리_(053) 554-3433
홈페이지_http://www.학이사.kr
이메일_hes3431@naver.com

ISBN_979-11-5854- 192-7 03810

이 도서의 국립중앙도서관 출판예정도서목록(CIP)은 e-CIP 홈페이지(http://seoji.nl.go.kr)와 (http://www.nl.go.kr/kolisnet)에서 이용하실 수 있습니다.(CIP제어번호: CIP2019032953)

손남주 시집

문득,

學而思 | 학이사

序詩

문득,

참 짧고도
길다
순간과 영원이 함께 태어난다

이리도 가까운 길목에서
알 수 없는 시공時空으로 아득하다

올 때는 말간
맨얼굴로 오지만
잠깐의 꽃의 황홀이
오래도록 향기로 깊어지기도 하고
빛으로 왔다가, 영영
어둠에 갇히기도 한다

짜릿하다가 저릿하고
눈물이다가 그리움이고
깨달음이다가 뉘우침이다
사람들과 같이 살면서

혼자 살고
혼자 살면서 같이 산다
어느 것이 진짜 나인지 헷갈리면서
방 안에 틀어앉아
길 없는 길을 수없이 헤맨다

어두웠다가 환해지고
환했다가 어두워지는 길,
눈물이 웃음이 되고
웃음이 눈물이 된다

문득이 쌓여서
영원이 되는 것인가?
참 짜릿하고 오래도록 저릿하다

문득이 문득문득 한생의 길을 튼다

차례

1. 달 3

2. 표절

3. 불꽃 쇼

4. 문득문득 혼자다

5. 환절기

1

달 3

장미 2
- 가깝고도 먼

골목길 지나는데 문득
담장 위로 붉게 내다보는 눈,
뜨겁다
마주 보지도
뒤돌아보지도 않았지만
핼쑥한 내 삶에
꿈틀, 피가 돈다

먼 길 돌아와 우연히
맞는 듯 보내는 듯,
파란 하늘로 번지는
그 눈빛, 눈빛 따라
풍겨오는 향기가 가시처럼
짙게,
가슴에 와 박힌다

개화開花
- 팝콘

음식을 기다리는 동안,
대중식당 허름한 의자에 앉아
식탁 위의 팝콘을 무심히 집어 먹는다
감질나게 자꾸만 집어먹다가
나도 그만 홀딱, 까뒤집혀지고 싶다

먹어도 먹어도 허기지는 남의 꽃,
내 안에도 꽃이 있을까?
심심한 손과 입이 시간을 지웠을 뿐
빈속을 채워준 건 아무것도 없다

하기야 허방 같은 내 안이
그리 쉽게 채워질 것이며, 또한 그 속에
드러날 무엇이라도 있었겠는가
혹여 꽃처럼 피어날 뭔가가
망울같이 들어있다 하더라도
팝콘 튀듯 그렇게 터져 나오는 건 아닐 것이다

차려 온 밥과 국을 다 비우고 나니
적이 속이 차오른다

자판기 커피를 마시며
느긋하게 바라보는 창밖에
팝콘 같은 벚꽃들이 툭툭 터져 나오고 있었다

달 3

갈대 끝에는 으레
달이 떠 있었다

우연한 산책인 양
어김없이 마중 나와 있는 그녀,

바람이 불어와 갈대가
조용히 손을 흔든다

강둑 길 따라 바람은
낮게 귓가에 속삭이고

돌아오는 길에서도
달은 언제나
먼 듯 가까운 듯 함께 걸었다

절개지切開地

포크레인 날 끝이 빛난다
절개지切開地가 드러내는
참신한 속살,
연대기年代記도 지층도 없는
연천年淺한 표피지만
포크레인 높이 그 속을 열어가면
하늘도 한 모서리 훤히 트인다

잠시 작업을 멈추고 서 있는
포크레인 주변으로
산의 무게가 그늘처럼 내려앉는다

아래로 아래로
그 속을 가늠하며
바라보는 눈빛도 점점 짙어지는데
가슴속 깊은,
어딘가에서 더운 김이 오른다

봄은 산길로 오고

봄이 질척하게 녹아내리는 산길
양지쪽 요만한 온기에도, 겨울은
꽁꽁 닫았던 마음을 내비치기 시작한다
첫 마음은 늘 조심해야 하는 것,
미끄러질까 살짝, 겨울을 건너 딛는다

오소소 깃털을 거스르는 바람에
잠시 고개를 갸우뚱, 산새는
초록색 페인트 통을 들고
버드나무 가지를 엷게 색칠하며 날아간다

세찬 겨울바람에 한사코 코트 깃을 여몄던
회화나무 검은 줄기도 무거운 겨울옷을 벗는다
봄볕 다사로운 정에 그만
스스로 앞가슴을 열어젖히고
모두가 무거운 겨울옷을 벗는다

가로등 2

횃불로 늘어섰던
먼 그대들이여,
돌아와 홀로
풀섶에 서면
벌레소리만 가슴 가득합니다

당신 앞에서
비춰보았던
희미한 내 마음,
거기 조금 남겨둔 채
발길 이만치 떠나와도
그 눈길, 등 뒤로 먼 데까지 따라옵니다

내 마음 켜 둔 채
잊고 간 그대여,
한낮까지 겸연쩍게
붉어있는 내 얼굴
흘러가는 낮달처럼 꺼지고 싶습니다

묵정밭

폐허는
망각 속에 우거져
서로가 서로를 지켜주고 있다
견고한 스크럼을 짜고,
아무도 일탈하지 못하는 눈들이
허공에 지쳐 있다

바람이 불어와도
흔들릴 줄 모르는,
오랜 시간
웃자란 적막이
가슴까지 차오른다

마지막을 뿌려둔 채
떠난 자리에
혼자 살아온 적막이
빈집 가득 스스로를 지킨다

버려진 시간들이 거기,
기다림조차 잊은 채

멍하게 떠 있는데
바라보는 눈길은 있어도
뻗어오는 손길은 없다

도라지꽃

관광버스로 준령을 넘을 때,
맞은편 언덕
외딴집 앞에서

말없이 흔드는 소녀의 손이
오래도록 바람에 일렁이고 있었다

잔설殘雪

돌아보니 문득 어느 날
나만 여기, 잔설殘雪로 남았습니다

음지에 얼어붙은
발등을 내려보면서
양지쪽으로 흩어져 간
먼 벗들을 생각합니다

눈사람을 만들고
눈싸움을 하며
온 세상 굳게 다졌던
그 수많은 발자국들,

이제 다
흔적 없이 사라져 갔지만
망각의 시간 속에 뼈를 깎듯
스스로를 해체해 가는,
눈물의 자리에는
파란 새싹이 별빛처럼 돋아날 것입니다

화왕산火旺山
- 억새 벌

야아-
감탄사도 입을 닫는다

위로
위로 휘몰아치는
억새 벌, 성성한 백발에
세상 모두가 남김없이 지워지고
가슴 가득
억새꽃만 출렁인다

빳빳하던 청춘도
비바람 천둥 번개도
먼 우레로 남는,
허허로운 물결 속에
나를 잊고 서 있는다

억겁 속의 찰나인가?
문득,
열반에서 깨어나는 화왕산,

비껴드는 황혼에
홍건히 물든,
억새꽃 물결이
불길처럼 활활 타오르고 있다

굴뚝 풍경

시골 길 버스 차창으로 지나가는 세월은 살 같지만, 비치는 기억들은 군데군데 선명하다 외딴집 빈 굴뚝은 멍한 하늘에 입을 벌리고 서서, 그을린 목구멍을 드러낸 채 배가 고프다 허물어진 담장 뒤꼍으로 언뜻, 흰옷이 스쳐 가고 미루나무 가지마다 깃들었던 참새들이 후르르 날아오른다

슬레이트 지붕 위로 솟은 굴뚝이 겨울바람에 펄펄, 만장晩章같은 슬픔을 흩날리면 다 식은 가슴에도 아련히, 알 수 없는 그리움이 연기처럼 나부낀다 히터를 틀어 훈훈한 차 안은 어느덧 어머니의 국 냄비가 설설 끓는 따뜻한 안방이 되고, 얼어붙은 겨울이 품속처럼 포근하다 흐르는 차창 밖으로 희끗희끗 눈발이 날리고, 의자에 기대앉아 덜컹거리는 꿈속 길을 더듬어 가는데 산모롱이를 돌아 저만큼 다가왔던 옛날들이 점점 멀어져 간다

분화구噴火口

널브러져 누워 있다

언젠가 와 본 금기禁忌의

무서운 고향

나를 태우던,

쉬다가 다시 일어서려는

저 침묵의 힘,

욕망의

검은 아가리가 나를 삼킨다

2

표절

S라인

S라인에 딱 바라진
가시내
질근질근 껌을 씹다가
저를 내던지듯 툭, 툭
질긴 삶을 뱉어 내며 걸어간다

아슬아슬하게 부푼 가슴 밑으로 언뜻
이브의 유혹이 S라인으로 감기는데
어디를 향해 가는 것인가,
되바라진 발걸음이 겁 없이 앞을 내디딘다

위선과 한판 붙고
금력과 한판 붙고
권위와 한판 붙고
타협과 유혹과 체념이 굴러가는 세상을
건너간다, 하얗게 웃는 패러독스의
슬픈 S라인이 당당하게 시대를 건너간다

푸른 오아시스 그 에덴에 닿을 것인가,
살모사 한 마리 구불텅구불텅
S라인 그으며 열사의 사막을 건너가고 있다

사람이고 싶은

도로 공사장의 로봇을 보는 순간
흠칫 놀란다, 번번이
그때마다 그는 내게서
사람으로 태어난다
더러는 신호 대기 중
가까이서 다시 보면
애쓰는 그 모습이 안쓰럽고
무표정하게 안내봉을 흔드는
어두운 그 얼굴이 왜 자꾸 미안하다

사람의 왕래가 끊어지고 차들만 가끔
아랑곳없이 질주하는 새벽 시간에도
혼자 열심히 팔을 흔들고 있을 그가
버리고 온 사람인 듯 간간이 떠오른다

로봇은 아무래도 사람이고 싶은 것이다
그도, 나도
한참 모자라는 자신을 추슬러야 할 것 같다

단면斷面

엘리베이터 안의 구도構圖가 퍽 추상적이다

들어서자마자 자동으로 철컥 닫히는 입의 무게는 네모꼴로 서로 닮았다 높낮이가 다른 사팔뜨기 두 눈은 각기 다른 곳을 쳐다보고, 숫자만이 한 번씩 눈을 깜빡일 뿐이다 화살표가 높이 치솟는 동안 보일 듯 말 듯 이어지는 가느다란 촉각의 숨결도 문이 열릴 때마다 매몰차게 끊어진다 그때마다 하나씩 하나씩 혼자 남는다 모두가 높이 오르고 있지만, 그 안엔 벽과 마주한 혼자만이 가득하다

표절

호반의 풍경에 서서
언젠가 본
이국의 엽서를 기억해 내고,

즐비한 도시의 빌딩 위로
흐르는 구름이 되어
저 아래 인생들을 스케치해 본다

불타는 해바라기 꽃밭에서
또 한 번 고흐를 번역하고,

오랫동안 벽에 걸어둔
위인의 초상화를 올려다보면서
거울 속 내 표정을 성형成形해 왔다

소설에게 읽히고
드라마에 취해 있을 때만 살아있는,
나는 슬픈 표절이다

보호색

\- 내 입이 더 크다
거구의 하마가 송곳니를 세워
하늘만큼 입을 벌리고,
목도리도마뱀도
목도리를 풍선처럼 부풀린다
윗도리 벗어젖히며
\- 한 판 붙어 보겠느냐
주먹을 불끈 쥐는 사내,
이 세상에 '핵' 보다 더
부풀리는 게 또 있을까마는
알고 보면 결국
경계색도 다 보호색,
겁나게 다그쳐도
끝장내기는 서로가 켕기는 모양이다

山의 죽음

- 멧돼지

山에 살다 山을 잃고
도시都市로 내려와 길을 잃었다
순진한 눈은 신기한 듯 겁을 먹고
무식은 또한 용감하였다
배고픈 주둥이가 주방의 국을 쏟고
'에라 모르겠다' 호텔 카펫 위를
흙 발로 냅다 뛰었다

무식은 제바람에 놀라고
도시都市도 함께 놀라 겁을 먹었다
쫓고 쫓기다 아무 데나 들이받고
무작정 돌진하다 마침내는
죽음을 들이받았다

-쾅,
총을 맞고
山처럼 쓰러졌다
솔잎같이 헝클어진 털에 선혈이 낭자하다
용감한 엽사獵師와
통쾌한 구경꾼들 앞에

주검은 점점 식어갔다

승자는 누구이고, 패자는 누구인가?
막다른 골목에서 우리는
자신을 향해 돌진하였고
자신을 향해 방아쇠를 당겼다

거울

아침마다 들여다봐도
나르키소스*를 만날 뿐,
나를 보진 못한다
그리곤 늘 미완으로 끝난다

바쁜 삶 속에서도
우연인 듯
문득문득
잊었던 나를 찾는다

엘리베이터에서
백미러에서
더러는 물웅덩이에서

이삭 줍듯
떨어져 있는
자신을 줍는다

때로는 다른 사람의 얼굴이
거울이 되기도 하지만

평생을 좇아도
다하지 못하는 그리움,

영원히 지워지지 않는다

* 그리스 신화의 미소년, 자기도취에 빠짐

肉食의 생태

먹이사슬의 꼭대기에서
수사자의 갈기가
제국주의 깃발처럼 펄럭이지만
비겁한 용기는 정면을 피하고
버펄로 거대한 뿔의 뒤쪽
엉덩이를 공격한다

수놈 근성은 암사자가 잡은 먹이를
제가 먼저 차지하고
새끼는 내팽개친다

때로는 게릴라전을 펼치는 하이에나에게
먹이를 빼앗기고 슬그머니 물러서기도 한다

암사자는 제 새끼를 물어 죽인
수사자의 새끼를 또 낳고 살아가지만
새 강자의 도전에
노쇠한 제국주의는 영토를 빼앗기고
아무도 돌봐주지 않는 사막 뒤쪽으로
혼자 쓸쓸히 사라져야 하는 운명이 된다

웃음 권하는 사회*

- 假笑

곳곳에 웃음이 깔려 있다 온통 웃음 세상이다 웃음이 넘쳐서 죽은 사람도 있다 백화점에도 사무실에도 비행기에서도 열차에서도 웃음들은 속 골탕 먹고 몸살을 앓는다 저절로 익은 웃음은 달지만 잘못 숙성시킨 웃음은 뒷맛이 쓰다 짝퉁 얼굴에 짝퉁 웃음까지, 가짜가 판을 치고, 짝퉁이라도 가져야겠다고 아우성인 세상에 짝퉁 웃음 공장도 있다니 너무 요상하고, 정말 웃긴다 야식증후군, 새집증후군, 무슨 무슨 증후군, 처음 듣는 증후군도 많은데 요즘 또 스마일마스크 증후군 하나 더 추가시켰다 병은 누가 주었으며 약은 누가 줄 것인가 하회탈이라도 쓰고 신나게 한번 땀 흘리고 나면 이 가슴 후련해지고, 아픈 마음으로 마비된 얼굴 근육 풀어질 수 있을까?

* 玄鎭健의 '술 권하는 사회' 에서 따옴

포스트 男

한때 그는 칼 없는 맨손으로
사과를 잘 쪼개냈다
들뜨는 유원지, 여자들 앞에서
사과의 향긋한 엉덩이를 쩍 갈라내는
그는 남자였다

사과 쪼개기가 뜸해지고, 그는
대형 뷔페 식당 회식 자리 식탁 위에
병따개가 마련되지 않았어도
맥주병을 거침없이 따냈다
주둥이와 주둥이를 맞대고 뚜껑을 열어젖힌다
변칙의 해결사는 역시 남자였다

이제 그는 야외 캠핑장에 텐트를 세우고
서슴없이 요리를 시작한다
불판에 고기를 올리고 뒤적이며 굽는 모습이
척척 익숙한 솜씨다
여인들이 마음껏 놀다가 맛있게 먹게 하는
그는 여전히 듬직하고 미더운 남자였다

그러나 이제 그도

중고품쯤으로 물러나 앉아야 한다
산뜻한 신제품이 쏟아져 나오는데
배길 재간이 없다
참신한 이미지의 까도남, 차도남이
샛별처럼 떠올라
그의 자리를 차지하게 될 것이다

사과를 쪼개 내던 그의 손아귀 힘도
병뚜껑을 열어젖히던 변칙적인 해결력도
고기를 구울 때 드러나던 그 팔뚝 근육도
한 시대의 고전 정도로 마음을 추슬러야 한다

저기, 깔끔한 사내들이 다가온다
참신한 이미지로 밀려온다
우상의 꽃미남,
아니마 아니무스*
역전逆轉의 시대

포스트 男

* 남성 속의 여성성, 여성 속의 남성성 (카를 융의 심리학 용어)

완장腕章

나도 완장이었다
밥 때문에, 목숨 때문에
완장이 됐다
주인은 높은 곳에 있어 잘 몰랐지만
그의 충직한 하수인이 된 순진한 완장이었다
완장은,
권력이었고, 아부였고, 횡포였고, 비굴이었고,
분노였다

하찮은 헝겊과 비닐 조각이 팔뚝을 끼면
어떻게 그 엄청난 변신을 할 수 있었는지
사람들은 구태여 따지러 들지 않았다
완장은 그저 오랫동안 서로가 함께 살아왔다
여기도 완장, 저기도 완장……, 완장은
한 시대와 역사를 피해 가지 못했다

그러나 언젠가부터 완장은
스스로가 힘을 빼고 그 모습을 바꾸어 왔다
크기는 팍 줄이고, 완력의 팔뚝에서
인정人情의 가슴으로 그 위치를 옮겼다가

이젠 아예 노동 현장으로 조끼를 입고 나섰다

이제 '완장'은 지난 이야기가 되고
거리에서 사라져가고 있지만
눈에도 보이지 않는 더 무서운 완장이
우리들 몸속에 도사리고 있는 것은 아닐까?
'갑질'이란 괴질은 언제 주먹질, 발길질,
욕질로 발병할지 겁나는 일이다

시 밖의 시

- 삐딱한 視

詩가 시 밖으로 뛰쳐나가
명예가 되고
권력이 되고,

詩 아닌 것이 시로 들어와
어릿광대가 되고
인기가 되고,

쓸쓸하고 쓸쓸하여
詩,
저 혼자
별이 되고
바람이 되고,

3

불꽃 쇼

'혼밥' 과 '함밥'

집에서 혼자 먹는 밥이
밖에 나가,
식당에서 혼자 먹는 밥에게서
위안을 받는다
건너편이나 옆자리에서 혼자 먹는 밥이
어쩌면 조금
함께 먹는 밥이 되기 때문이다

저쪽 한 여인의
혼자 먹는 밥의 눈이
가끔 고개를 들어
이쪽 혼자 먹는 밥의 눈과 마주친다

어둑한 구석 자리
'혼밥' 여인이 보내오는
'함밥' 에의 간절한 눈빛이
한 줄기 전등 불빛을 타고 희미하게 전해 온다

밑줄

헐렁한 맛의 헌책,
그 행간에서 만나는
빨간 밑줄이 상큼하다

신기한 조우遭遇인 듯
언젠가의 내가,
다시 나를 만난 듯
반갑게 그 손을 잡는다

여백에 적은 한 줄의 메모까지
한 걸음 더 가까이 다가서면
오랜 동행자인 듯
공감의 환한 기쁨이 새길을 연다

그러나
미지味知의 얼굴은 이미
그 길을 버렸다
단돈 몇 푼 라면값과 맞바꾼 것일까
아니면

득도得道의 새길을 훨훨 걸어간 것일까

밑줄 아래로 가만히 덧줄을 그어 본다

누드

그것은
주위를 싸고 있는
날카롭고 어렴풋한 빛이다
꿈틀,
빛은 순간으로 흔들리고
그 사이로
뜨거운 난타가 지나간다
난타는,
정연한
비질서의 질서이다

한 올 실오라기도
걸치지 않은 여인의
풍만한 곡선이
후끈하게 다가온다
짧은 파장의 눈빛들에
잔잔한 파동이 인다

언젠가 지나온 듯한, 그
곡선의 길을 따라가 보면

거기, 원형原形의 모성母性이
순수의 자리에 경건하게 앉아있다
연출된 여인의 누드는
아무도 훔쳐보지 않는다

누워서 핀 꽃

비바람에 쓰러졌던 아카시 나무,
여름내 일어나지 못했다
잎 다 떨구고 까맣게, 겨울을 보낼 때도
우리는 그 앞을 무심히 지나갔다

올해도 어김없이 신록이 산을 덮고
비 온 뒤 한결 산뜻한 이 등산길,
어디선가 한 줄기 향기가 풍겨온다

주인공이 누구인가 이리저리 살피는데
아, 거기 쓰러졌던 아카시 나무,
잊고 있던 그 나무가
누운 채로 환하게 꽃을 피우고 있지 않은가

구필 화가의 붓끝에서,
장애 마라토너의 가슴에 닿은
결승 테이프, 거기에서
캄캄한 세월이 피어나고 있었다

혼자였다

시베리아 벌목장伐木場,
고독한 도끼질이
거목巨木을 쓰러뜨린다
허공을 가르며 퍼져나가는
거목 쓰러지는 소리,
아무도 듣지 못한
그 소리
혼자 감당해 낸

먼 조국 그대여!

동토凍土의 땅 사할린,
지하 수십 길 막장의
어둡고 긴 삶을 캐고 허물던
거기, 탄광의 곡괭이로 쓰러져
혼魂이라도 고국 땅,
꿈속에서 헤매던

먼 조국 그대여!

유전流轉

소백 준령, 한티재를 넘던
사내의
괴나리봇짐 위로
나폴나폴 따라가던
흰나비 한 마리,

오늘
장다리 노란 꽃길 따라
환하게 찾아왔구나!

낮달 4

붉은 흙에 묻고
바소쿠리* 덮은 위에
아비 가슴으로 누른 돌 하나,

애총**에 이글대는
오뉴월 땡볕, 그 살기에
이승도 가물가물 한낮이 탄다

문득 서쪽 하늘에
서늘한 눈길 하나,

아, 거기
편안히 누워있는
너를
오랜 세월 뒤에서
다시 만난다

* 지게에 얹어 거름, 흙 따위를 담을 수 있는 싸리로 만든 그릇
** 아기 무덤

~척하고, ~체하고

겨울 야산 등산길에
작은 풍뎅이 한 마리가
추위에 떨며 비실비실
남은 삶을 기어가고 있는데,
어딜 가는 거냐고 툭
발끝으로 물어보니, 그만
떼구루루 구르더니
숨도 안 쉬고, 곧장
죽은 체 꼼짝도 않는다

'암만 그래도 다 안다' 며
내려다보고 있는데,
조금 지나니 부스스 일어나
다시 더 빠른 걸음으로 달아난다

속이기 위해
아니, 살기 위해
그가 기다린 시간은
그의 삶에서 얼마만큼 긴 것이었을까?
아마도 적당했거나

충분했을 그 시간을, 나는
확 밟아버릴 수가 없었다

그를 놔 주고
산에 갔다 돌아온 날, 생각했다
내가 신인 것처럼, 척하고
풍뎅이를 내려다보았듯
신인 척, 나를 내려다볼 사람도 있지 않을까,
나도 죽은 체 엎드린 적은 없었는가?

아무래도 세상은
'~척하고' 와 '~체하고' 둘로 나뉘고,
내 안에도 이 둘이 같이 살면서
때로는 '~척하기' 도 하고,
'~체하기' 도 하는 것 같다
'경계색' 과 '보호색' 그렇게 말이다

불꽃 쇼

번개시장 골목 돌아, 거기
불꽃 쇼하는 구잇집이 있었다
삼겹살을 구워주다가 가끔씩 주인 남자는
소주병 바닥에 남은 술을
제 몸을 던지듯, 휙
벌건 불판 위에 뿌렸다

확, 불꽃이 솟는 순간
어둑한 홀 안에서 유독 밝게 드러나는
얼굴, 얼굴들…… 각기 다른 삶들이지만
쳐다보는 서로가 환해진다
위하여!
뭔가 잃었던 걸 되찾은 듯, 건배의 잔들이 높다랗다

주인 남자의 불꽃 쇼는 우연처럼 적중했다
저마다의 가슴에 불씨 하나 지닌 채
얼근히 취한 단골들은 그의 동조자요, 공범자였다

한 번 더 타고 싶은,
환했던 지난날의 제 얼굴, 다시 한번 보고 싶은

지친 군상들,
오늘도 자석처럼 불꽃 쇼로 빨려든다

퇴근길 서쪽 하늘도 마지막 불꽃 쇼로 타오르고 있다

산상 보훈山上寶訓*

예수 믿는 친구가 교회에 가고 없는 일요일,
하릴없이 심심해진 나는 산에 오른다
산 위에서 내려다보이는 도시는
폐허의 유적같이 회백색이다

친구가 교회에서 성경을 읽을 시간에, 나도
변두리 야산 등산로 꼭대기
이웃 손들이 만든 소박한 체육공원에서
성서도 없이 성경을 읽는다

—마음이 가난한 자는 복이 있나니……

줄넘기 줄, 역기, 훌라후프, 덤벨
제법 돈도 들었을 몸통 돌리기……,
가난한 마음들이 오순도순 모여 있다

—마태복음 제5장 8절—
'마음이 깨끗한 자는 복이 있나니……'
성서가 없어도 성경을 왼다

헌 거울 가져다 걸어 놓은
소나무 밑에
어느 손길이 보듬어 놓았나?
소꿉장난 같은 꽃밭에
키 작고 철 이른 코스모스가
환한 얼굴로 마중을 하고
장독대 아닌 메마른 땅, 뙤약볕 아래서
봉숭아가 수줍은 듯 눈웃음을 보낸다

마음이 가난한 자들이여!

도시의 야산 등산로 꼭대기
마을 사람들이 힘 모아 만든
체육 공원에 가면
마태복음 5장을 정독할 수 있다

*산 위에서 내린 예수의 교훈

선인장의 길

오래전 나는
기린의 목을 따라
화관花冠으로 가다가
남루한 내 옷으로
길을 바꿨다

낙타의 고개 쪽
사막 끝에 뜨는
별의 길,

먼 곁

그저 용서 정도이다
용납도 용인도 아니다
다만 거기 서 있겠다는 걸 그냥 두고 볼 뿐,
못 서 있게 하거나 쫓아내지는 않는다는 뜻이다
나는 기꺼이 그 자리에 서 있는다
그것은 먼 곁이다
남이 보기엔 조금도 가깝게 보이지 않는
혼자만이 공감하는 거리다
그가 내게 어떤 자리로 서 있는지는
굳이 따지지 않는다
아는 듯, 모르는 듯
그 자리에 나를 서 있게 두는 것만도
참 다행스럽고 고맙고,
그리고 그건, 내게 참 뜨거운 일이다
오래도록 그 자리에 그대로 서 있을 것이다

4

문득문득 혼자다

상처

오이를 따려는데,
덩굴손이 내 손목에 힘없이 늘어진다
살펴보니 허리가 두 군데나 꺾여 있다
파랗게 웃어 보이려 하지만 생기가 전 같지 않다
거친 손길이 상처 준 것일까,
꽃 피워 열매 달고 주렁주렁 무거웠던 것일까?
파리한 핏줄, 두 손으로 받쳐 쥐니
너와 나,
서로가 눈물겹다

어디서 기어들었는지 두꺼비 한 마리
덩굴 사이에 암 덩이처럼 웅크렸다. 네놈이다,
네놈의 짓이다. 순간, 막대를 잡은 손이
흉측한 몸을 향해 부르르 떨었다
내 마음의 상처가 깊다

분재盆栽

베란다 화분의 화초들이
자꾸만 바깥을 향해 휘어진다
잠시 곁눈질하는 게 아니라
한결같은 몸짓이다
막힌 도시에서 우리는
자꾸만 밖을 향하는데
아내는 가끔씩
바깥쪽으로 휘어진 꽃들을
거실 쪽으로 돌려놓는다
이제 그만
중심을 잡을 만한 계절도 되지 않았냐는 것이다

돌아보니 문득,
다독이며 살아온 세월이 거기 피어 있었다
여는 것만큼 닫는 일도 중요한
가을이 점점 익어가고 있다

나무와 女人

박수근*의 「裸木」들 어둑하게 서 있다
불교재단 사립 학교 뒤쪽, 등산길 옆으로
허리에 깊은 상처 하나씩 두르고 늘어서 있는
굴참나무들, 돌로 내려친 자국이 여인의 자궁 같다
다 아물기도 전에 몇 번이나 덧난 상처 위에
새살이 돋아나고 아무도 모르는 세월이 덕지덕지 굳어있다
올해도 어김없이 다산多産의 열매 높이 매달고
바람이 불어올 때마다 툭툭 몇 알씩 메마른 땅 위로 떨구어
낸다

부쳐 먹을 한 뼘의 땅도 없는 가난한 변두리
굴참나무 그늘 아래로,
남정네들이 일군 비탈밭에
옥수수 나무들이 아기 하나씩 들쳐업고
도토리를 주우려는지 나무 밑을 서성거리고 있다

* 화가 (1914~1965)

팥죽 끓이기
- 어머니의 방식

아내와 함께 동지 팥죽을 끓인다
나는 주걱으로 끓는 죽을 저어주고,
아내는 옆에서 레인지의 불꽃을 조정하며
쌀이 익는 데 따라 새알심을 넣어 준다
장작불과 가스 불이 다를 뿐, 내 어릴 적
어머니의 방식 그대로다
삿대질로 불쑥불쑥 팔뚝을 내밀 듯
솟구치며 끓어오르는 팥죽을 슬슬 달래며
천천히 저어준다

아픈 배를 쓰다듬어주시던
어머니의 손길같이
쓰린 가슴을 자꾸만 어루만져 주고,
가족과 이웃, 온 세상
맛있는 팥죽을 끓이려면
밑바닥에 쌓여 눌어붙는 앙금을 추슬러
고른 사랑을 널리 널리 저어 주어야 한다

수평선

바다는
너무 큰 멍이다
심장이 퍼렇게 물든다

부서지는 파도를 헤치며
원양으로 떠나는
무한 고독이
아스라이 수평선을 넘는다

'너는 왜 거기 그냥 서 있느냐' 고
힐난하듯 끼룩거리는 갈매기들이
내 머리 위를 분주히 돌아치고,

하늘과 바다, 아스라이 맞닿은
어우름 거기 어디쯤, 내가 서성이고 있다

유예된 고백
- 교직자와 아내

내 월급 통장
그 쥐꼬리를 잡고
억센 듯 여린 손이
여덟 개의 입과 여섯 개의 책가방과
채워야 할 혼수함의 무게와
샌님 같은 남편의 알량한 자존심을
안간힘으로 버티다 버티다
끝내,

그녀는
월급 통장을
증권 시장 뻥튀기 틀에 넣어
몇 번이고 튀겼다
마침내 시커멓게 탄 통장은
밥솥과 함께 박산처럼 박살 나고 말았다

퇴직하는 날
아내는 박살 난 티밥 부스러기와
내 퇴직금 통장을
물물교환하였고

온몸을 저당 잡혀 빚쟁이를 맞았다

그래도 아내는
백기를 들지 않았고,
무너진 하늘을 떠받쳐 인 채
사선을 넘어 최후의 전선을 사수했다
그는 스스로를 지켰고, 대망의 보루를 확보해 나갔다

그리하여 아내는,
내 삶의 깊이를 한층 더해 주었고
내 시詩를 더욱 살지게 하였다

암 병동癌病棟

정맥靜脈 속으로
죽음을 밀어 넣는다
살기 위해 죽는 역설逆說이
온몸으로 번지는,
주사걸이를 밀며
끝없이 걸어가는
이승의 긴 복도,
삶과 죽음의 동행은 끝내
누구를 향한
최후의 결전決戰인가,
마지막 화해和解인가?
죽음의 언덕을 넘어, 환하게
하늘이 열리는
삶의 지평을 걸어가는 득도得道의 길이다

경계선

환하게 벚꽃이 피어난
병실 앞
어두운 가슴에 반짝
햇살이 머문다

바람이 불고
벚꽃잎 분분히 날릴 제
어둠의 눈빛은 쓸쓸한 듯 편안하다

암 병동과 영안실 사잇길에
경계선인 듯
벚꽃이 흐드러지게 늘어서 있다

암 병동 2

창밖에는
하늘이 푸르기만 하다
나무들은 멍청하고
꽃은 웃는 듯 울었다

복도를 지나가는 주사 걸이들이
이승과 저승 사잇길을
끝없이 걸어간다

병실로 비춰오는
가느다란 아침 햇살 한 줄기,
손바닥 한 줌
꼭 움켜잡는다

달력

그림자 길게
버티고 섰던
11월,

또 가슴 한 장이
북-
찢겨 나간다

달랑 남은 한 장
마지막 잎새*처럼
아쉽다

새 달력 걸 자리
무심코 들어 보는데
가려진 시간이, 거기
하얗게 바래져 있다

* O · 헨리(1862~1910)

주말 농장

까만 씨앗이 껍질을 깨고
여린 떡잎을 내밀었습니다
무거운 흙덩이 이고
파랗게 품은 뜻 굽히지 않습니다
힘겨운 고개,
세상이 아무리 짓눌러와도
지긋이 흙 속에 뿌리내리고
하늘 향해 꼿꼿이 일어섭니다

무성한 잎과 열매의 꿈,
나는 주말마다
그 파란 농부를 만나러 갑니다

문득문득 혼자다

하늘마루* 고개
펄 - 펄
눈길 딛고 넘던
당신,

눈 다 녹으니
발자국마다
파란 그리움이 돋아나네요

함께 했던 길
모롱이에서,
돌아와
문간의 헌 신발에서,
문득문득 혼자가 되는구려

그러면 또
책상 위의 환한 미소가
나를 맞아 줍니다

*경주 건천에 있는 봉안당

5
환절기

이런 책

부피에 비해 의외로 가벼운 책이 있다
허깨비 같아 언뜻, 실망스런 느낌이
들기도 하지만
어쩐지 만만하고 푸근하게 손에 잡힌다
그리곤 술술, 잘 읽힌다
수월하게 멘토가 되고 스승이 된다

오래전, 내게도
헌책 같은
이런 친구가 있었다

그 少年

소년은 뒤에 말한다
남이 그를 알기 전에
그는 몸짓이 있을 뿐
자신을 말하지 않았다
과묵은 아니다
때로는 싱겁게 씩 웃기도 하고
거침없이 쏟아내는 활달한 유머로
자신의 속사정을 눈치챌 틈을 주지 않는다
허름한 옷에도 가난은 묻어나지 않고
겉으로는 늘 낙관적이고 무심한 듯 보인다
그를 대하는 모든 사람은 마음이 편안하고
편협한 교사에게도 무난하다
그는 자기 속마음을 혼자 다스릴 뿐
겉으로 드러내지 않는다
다만 그는 가끔
다 돌아간 텅 빈 교실에 혼자 남아
고개를 숙인 채 오래오래 앉아있곤 했다

그가 언제 돌아갔는지
아무도 보지 못했듯이
먼 훗날 문득 우리에게 그는
높은 산으로 우뚝 다가설지도 모를 일이다

과수원果樹園

사각모四角帽 하나가 과수원으로 들어선다
아버지는 그 안에서 사과나무를 길러내고
사과나무는 또 사각모四角帽를 세상 밖으로 내보낸다

어린 내게 사각모四角帽는 우상이었고
큰 대문을 지나 과수원으로 들어서는 사각모四角帽는 왕자였다
넓은 사과밭과 탱자나무 울타리는 그의 성城이었는데
간혹, 가시 울타리 너머로 버려진 외제 깡통이 아침 햇살에 반짝였다

그것은 내게
빛이요 어둠이었다

달을 잡았다

잎들에 이는 바람은 조금씩 먼 날을 흔들고, 냇가에 우뚝 선
미루나무 품속으로 참새들이 일제히 날아들었다 날아오른다

미루나무 우듬지 위로
파란 하늘은 높고 멀었다
퍼런 물속을 누비며 휘휘
꼬리를 휘젓는 검고 큰 물고기,
겁나는 그 대장 뒤를
졸개들이 줄줄 따라다녔다

어른들은 위쪽에서
커다랗게 그물을 던지고,
이만큼 아래쪽
엄마들이 빨래를 하는
얕은 물에서 나는
온종일 까맣게 타서 작은 돌을 들췄다

산그늘이 내리고
흐르는 물소리가 한결 조용해지면
좀 더 큰 물고기 한 마리 꼭 잡겠다고

어둠이 덮쳐오는 냇가에
나는 늘 혼자 남았다

돌 옆으로 사르르 비껴가는
검고 큰 물고기,
숨조차 죽인 채
함께 움켜잡고 들어 올린 돌,

물고기는 간데없고
아, 거기 물속에
환한 달이 떠올랐다

내 한 생애, 혼자만의 환한 달이었다

센티멘탈리스트

강한 듯 여리다
욱하는 성미가 있지만
한 번도
남을 이겨 본 적이 없다
그러나 은근히
세상을 원망한다
나르키소스와 친구인데
때로는 케세라세라가 되기도 한다

"황성 옛터에 밤이 드니…"
까닭 없이 쓸쓸해
흐르는 노래의 가락을 타고
그리움도 슬픔도
가슴 가득 차오르네
외로운 거리를 끝없이 걸어가면
못 다한 꿈들이 달빛에 젖어
벅찼던 가슴도 폐허가 되네

"광막한 광야에 달리는 인생아…"
'사死의 찬미' 에 흐느끼는

돈도 명예도 사랑도
현해탄에 몸을 던지네

지금
인간은 간 곳 없고,
아아! 오오! 감탄사만 남았다

청동화로

유품으론 이것,
하나만으로도 충분하다

캄캄한 듯 환한
속 다 비우고,

네 다리 버티고 선
오래된 분화구,
그 과묵한 입이여!
할아버지 돌림자
솥 '鼎' *자로
대를 이어 굳건히 버티고 섰다

* 鼎 ; 솥 정

터득

- 고스톱 처세법

어차피 삶은 경쟁,
실패한 경쟁의 승부욕들이 곳곳에서
대리만족의 장場으로 펼쳐진다

일약 화려한 데뷔는 실속이 적고
길지도 않다
허허실실,
다 비운 마음이 차곡차곡
착실한 전진을 한다

세상일 뜻대로 되지 않는다고, 억울하다고
함부로 화내지도 말고
출세했다고 우쭐대지도 마라

욕심은 금물이다
적당한 때에 멈추어라
작은 것에도 만족할 줄 아는 게 인생이다

늙은 조문

조화弔花들이 마중 나와 서 있는데
빌딩 숲 같은 그 속을 걸어
어슴어슴 옷깃 여미며 뒤따라 들어간다

이승의 강을 건너듯
신발을 벗고
빈소로 올라서서,
친구의 영정 앞에 큰절을 올린다
웃고 있는 모습이 바로 어젠데
따님들의 호곡 소리가 징하게 코끝을 지나간다

상주와 얼버무리는 몇 마디가 어이
긴 세월을 요약할 수 있겠는가,
잊고 나온 봉투를 되돌아가
부의함에 넣는다

잠시 울컥했던 가슴에
짜릿한 소주 한 잔,
오가는 환담들로 각기
살아있는 시간들을 확인하고 일어선다

뭔가 빈 듯
발걸음이 허둥거려도
쨍쨍한 하늘 아래 저기,
집으로 가는 버스가 달려오고 있다

감나무와 옻나무

밭둑 위에 감나무들이 서 있고
그 아래, 문지기처럼 두어 그루 옻나무가
어둑하게 버티고 있는 산골 마을,
천둥소리 같은 포성이 들려오는 먼 하늘로
감나무들은 멍한 눈길을 보내고 있었다

치열한 낙동강 최후의 전선에서
어린 학도병들이 수없이 쓰러져 갈 때도
이곳 산골 마을 감나무의 감은 발갛게 익어갔다
풋감의 유혹에 소년은 날마다 감나무 등줄기를 오르내리고
옻나무는 퍼렇게 약 오른 손으로 그의 종아리를 휘어잡았다

소문대로 올 것이 왔다
20여 가구가 사는 이 마을에
- 의용군 2명 차출 - 대상자 4명은
이장 댁 마당에서 제비를 뽑았다
도끼눈으로 째려보던 인민위원회 서기는
나를 제비뽑기에서 제외시켰다
"옻이 올라 뚱뚱 부은 장딴지로
엉금엉금 기는 놈은 성전 참가 자격이 없다" 고 했다

아슬아슬하게 면제받은 내 행운은
감나무와 옻나무 사이에서 묵계처럼 이미 정해져 있었다

남은 세 사람 중
읍내 중학교를 다니던 친구는 X를 짚었고
O를 짚은 건, 이상하게도 둘 다
국민학교도 졸업하지 못한 불운한 친구였다
그들은 그날 밤 일선으로 끌려갔다

전세 불리한 인민군들이 후퇴하기 시작할 무렵
Z기 기총소사로 대오가 흐트러지는 틈을 타서
한 친구는 용케도 빠져 돌아왔지만
기약 없는 60여 년이 흘러간 지금까지, 한 친구는
생사를 알지 못한 채 영영 무소식이다

아찔하게 피해 간 내 요행 뒤에는
언제나 나 대신 그가 갔다는 미안함이
평생을 가슴 한켠에 숨었다가
그 친구의 수굿한 얼굴과 함께 문득문득 살아나곤 한다

지난여름 모처럼 찾아가 둘러본 고향,
감나무와 옻나무는 온데간데없고
그 자리엔 누군가의 별장이 들어서서
기나긴 세월을 깔고 앉아 뭉개고 있었다

동거同居

손자의 손을 잡고
아파트 계단을 오르다가, 잠시
'立春大吉' 붓 글씨 앞에
아득한 시간으로 멈춰 선다

고개를 들고 쳐다보는
손자를 세워둔 채
오랜 친구라도 찾은 듯
글씨의 주인공이 자못 궁금해진다

철문 위의 立春 쓴 한지韓紙처럼
어설프게 붙어사는 처지일까,
먹의 향기 그윽이 풍기는 삶일까?

문자 보내기를 배우는 대신
손자에게 붓글씨를 가르치고,
조손유친祖孫有親, 삼대가 같이 사는
착한 세상을 생각하면서,
피는 역시 물보다 진한 손자의 손을 꼭 쥐었다

환절기

화장실 세면대의
물을 틀 때마다
수도꼭지로 쏟아져 내리는 물은
번번이 쉬이 -
어머니의 목소리를 기억해 낸다

낡은 수도관같이
오래된 내 요도에도
저릿저릿 물소리가 스며들어
쉬이 -
재촉하는 목소리가 유년을 깨우고
신기하게도 쉬 소변을 보게 된다

쉬이 -
흐르는 물소리는
언제부터 아득히
어머니에서 어머니로 이어
이어, 흘러온 것일까?

바지춤을 올리며

무심히 쳐다보는 거울에
구부정한 아버지의 모습이 비치는데
창밖 하늘로는 말갛게
계절의 끝자락이 지나가고
유년으로 회귀하는 궤도에 내가 서 있다

장작을 패다가

장작을 패다가
허리 펴는 하늘에
하늘하늘 눈발이 날리고,
희끗희끗 머리에 내리고,
오랜 기다림의
빈 가슴에도 펄펄…
먼 눈발이 쌓인다

메주콩 쑤는 가마솥 아궁이에
활활 장작불이 타고
멀거니 바라보는 대문 밖,
눈발은 어둠과 함께 과수원을 덮는다

저물도록 눈은 내리고
어둠을 향해 컹컹, 개가 짖으면
등불을 들고 두런두런 누군가
대문간에서 눈길의 신발을 턴다

먼 곳에서 누가 꼭
찾아올 것만 같은 이런 날
대지의 밤은 자꾸만 눈 속으로 빠져든다

발문

시선의 결과 용서의 미학

이하석 시인

1

문득이 쌓여서
영원이 되는 것인가?
참 짜릿하고 오래도록 저릿하다

문득이 문득 문득 한생의 길을 튼다

손남주의 시 원고 뭉치는 무지근하지만, 문득, 들어올리는 상승감의 무게로 내게 안겨진다. 시집 앞에 붙인 「서시」는 그렇게 붙잡는 마음이 드러난다. '문득' 이라고 하지만, 그건 평생 일궈온 삶의 힘이 잡는 순간의 전기電氣다. 여전히 '짜릿하고 오래도록 저릿한' 기운이 '문득 문득 길을 트며' 이어지고 있는 것이다. 그러고 보니, 어느덧 85세다. 만만치 않는 세월감의 강 하류에 그가 서 있는 듯하다. 등단한 게 1999년이니, 그때 이미 예순의 시대를 반 이상 넘긴 때였다. 평생 업으로 삼아왔던 교직을 마감하는 때에 새로운 언어의 삶을 맞닥뜨린 셈이었는데, 그마저도 벌써 20년이 되어 만만찮은 시력詩歷으로 우뚝 서게 되었다. 그래, 그는 처음부터 '노인문학' 이었다. 그는 여백문학회의 동인으로 활동하고 있는데, 이 동인의 전신은 대구경북노인문학회다. 그런 조건임에도 불구하고 신인의 풋풋한 시선을 동시에 드러내는, 심리적으로 복잡한 출발을 한 셈이다. 어쨌든, 그렇게 그의 문학은 신인다운 호기심으로 열렸지만, 동시에 포용과 원숙을 지향하는 문학이었다. 이후 계간지 《시와시와》의 초대 주간을 맡기도 하는 등 후배들을 위한 문학의 텃밭을 가꾸기도 했다. 지금까지 『억새꽃 필 때까지』, 『날개, 파란 금을 긋다』, 『민들레 꽃씨가 날아가는 곳』 세 권의 시집을 냈다. 다양한 비유와 상징으로 일상의 내면을 만만찮게 구축하면서 '삶에 대한 되새김질' (박남일)을 해왔다. 빛과 어둠의 대비를 통해 삶의 길에서 어둠의 실체를 더듬는 모습을 보이기도 했다. 이제 새롭게 시를 옮아듦에 이르렀으니, 그가 '문득 문득' 일구어낸 작업이 여전히, 예사롭지 않다. 그것은

오래전 나는
기린의 목을 따라
화관花冠으로 가다가
남루한 내 옷으로
길을 바꿨다

낙타의 고개 쪽
사막 끝에 뜨는
별의 길,

-「선인장의 길」 전문

처럼, 자신이 선택한 남루의 힘든 길이 '사막 끝에 뜨는 별'을 향한 길이었음을 바라보는 성찰과 함께 이루어지기 때문이다.

2

손남주의 이번 시집에서는 '시선'의 의미를 각별하게 드러내는 게 인상적이다. 그 시선에 붙들린 풍경들은 박수근의 풍경화처럼 은근하기도 하고, 자연의 인상적인 모습이기도 하며, 거리 사람들의 바랜 모습들이기도 하다. 꽤 여러 편에서 병원 풍경이 비치기도 한다. 자주 병원을

드나들며 건강을 챙기는 때인 듯하다. 그런 풍경과 사물과 사람들을 바라보는 그의 시선은 빽빽한 숲 너머로 보이는 호수처럼 은근하게 빛나기도 한다. 시선의 미학은 깨달음과 성찰의 미학이다. 낯선 시선으로 발견하는 사물과 일상은 심화를 거쳐서 명료해지기도 한다. 손남주의 시선은 그런 시선의 미학을 포함해서, 노년에 이른 자의 원숙한 시각이면서, 삶과 사물로부터 느긋하게 떨어진 채 짐짓 그런 것들을 용인하는 자세가 갖는 시각이기도 하고, 그 떨어진 거리에 자신이 서 있음에 대한 안타까움과 자책의 시각이기도 하다.

골목길 지나는데 문득
담장 위로 붉게 내다보는 눈,
뜨겁다
마주 보지도
뒤돌아보지도 않았지만
핼쑥한 내 삶에
꿈틀, 피가 돈다

먼 길 돌아와 우연히
맞는 듯 보내는 듯,
파란 하늘로 번지는
그 눈빛, 눈빛 따라

풍겨오는 향기가 가시처럼

짙게,

가슴에 와 박힌다

-「장미 2-가깝고도 먼」 전문

장미는 얼마나 아름다운가. 오월 생기의 극치처럼 여겨질 정도다. 골목을 걷다보면 어느 틈에 장미의 계절이 왔음을 실감할 만큼 매혹적인 빛깔과 향기가 담장 위로 솟아있는 걸 발견한다. 그 싱싱한 모습들은, 장미야말로 청춘의 꽃이 아닐까라고 여겨질 정도다. 왜냐하면, 그 꽃의 시선을 의식하는 순간 '내' 안의 피가 도는 생기를 느끼기 때문이다. 그렇게 시인은 여기고 있다. 무엇보다 장미는 그가 바라보는 것이 아니라, 그를 바라보는 '눈'으로 다가온다. '붉게 내다보는 눈'으로 말이다. 그 눈빛에 휩싸이면서, 꿈틀거리는 자신의 피의 온도가 느껴지면서, 그 역시 그런 매혹적인 시각으로 장미와 눈을 맞춰보고 싶어한다. '되돌아보지는 않았지만'이란 말에서 그러한 욕망이 되려 역설적으로, 애잔하게 느껴진다. 그러나 '먼 길 돌아온' 나이 지긋한 그에게 그 강렬한 조우는 '맞는 듯 보내는 듯' 이루어질 수밖에 없다. 그 안타까움을 자아내는 심상이 '가슴에 박히는 가시'이다.

이 시집에는 이처럼 어느 날, 또는 어느 순간 '문득' 바라보게 되면서 갖는 놀라운 설렘의 충동들이 다양하게 표

출되고 있다.

베란다 화분의 화초들이
자꾸만 바깥을 향해 휘어진다
잠시 곁눈질하는 게 아니라
한결같은 몸짓이다
막힌 도시에서 우리는
자꾸만 밖을 향하는데
아내는 가끔씩
바깥쪽으로 휘어진 꽃들을
거실 쪽으로 돌려놓는다
이제 그만
중심을 잡을 만한 계절도 되지 않았냐는 것이다

돌아보니 문득,
다독이며 살아온 세월이 거기 피어 있었다
여는 것만큼 닫는 일도 중요한
가을이 점점 익어가고 있다

-「분재盆栽」 전문

'밖' 과 '안' 에 대한 이런 성찰은 오랜 연륜의 삶의 무게로 중심을 잡는 안간힘으로 이루어내는 듯하다. 베란다의 화초들이 '바깥을 향해 휘어지는' 건 당연하다. 햇빛을 향하는 게다. 이 당연한 사실을 그는 시선의 문제로 짚어내는 삶의 성찰로 전환해서 수용한다. '바깥 쪽' 과 '거실 쪽' 은 '중심을 잡는' 일과 '중심을 잡지 못하는' 일의 구분이며, 여는 일과 닫는 일의 구분이기도 하다. '바깥 쪽' 에 치우치다보면 '안 쪽' 에 대한 소홀이라는 질책을 듣게 된다. 그래서 중심을 잡는 것이 중요하다는 게다. 다독이면서 양쪽의 균형을 맞추는 삶이 피워낸 게 베란다의 화분들의 꽃처럼 새삼 눈에 뜨이는 것이다. 그런 구분은 기실 삶에서 쉬 가려내어지는 게 아니다. 다만 '다독이며 살아온 세월' 이 '거기' 피어 있을 뿐이라는 자조와 반성이 있을 뿐이다. 그렇게 나이를 먹는 것이라는 자각이, 역시, '문득' 이란 말로 환기되고 있다.

자조와 반성이라 했지만, 이번 시집은 지나온 삶에 대한 되돌아봄과 되씹음이 유난히 자주 발견된다. '용납' 도 '용인' 도 아닌 '용서' 를 취하자는 자기 강조의 마음도 그런 반성을 통해서 나오는 듯하다. 그러한 반성의 자세야말로 서로를 바라보는 '먼 곁' 의 모습(「먼 곁」)임을 어쩔 수 없이 인정한다. 그것만으로도, 얼마나 생광스러운 일인가? '먼 곁' 을 지키는 마음은 결국 용서의 마음을 통해 이루어지는 것이다. 그러므로 새삼 용서야 말로 다행스럽고 고맙고 자신에겐 '참 뜨거운 일' 이라 여기는 것이다. 용서를 두고 어떤 이는 '나의 마음을 다스려 행동으로 실천함으로써 참 나를 찾는 것' 이라는 종교적인 해석을 내리기도 한다. 다른 이의 말과 행동에 감정적으로 얽매이지 않는 것도 용서의 덕목이다. 이럴 때 그의 자세는 보다 주체적이 될 수가 있다. 그래서 용서는 '바꿀 수 없는 과거의 상처를 치유하는 힘' 이라고 말하기도 하는 모양이다. 손남주의 용서의 미학은 되돌아봄과 되씹음을 통해 발현된다는 점에서 나이테의 힘을 느끼게 한다. 놀라운 것은 그러한 힘을 통해 이제야 비로소 주체적인 시 쓰기의 한 정점을 이루며 전개되는 것이다. 그렇다. 그에게 있어서 용서의 미학은 '이제 비로소 받아들임' 의 미학이며, 상응의 미학이 되면서 새롭게 타인 또는 주변의 사물과 풍경을 향해 열리고 있다. 그것은

> 엘리베이터 안의 구도構圖가 퍽 추상적이다
> 들어서자마자 자동으로 철컥 닫히는 입의 무게는 네모꼴로 서로 닮았다 높낮이가 다른 사팔뜨기 두 눈은 각기 다른 곳을 쳐다보고, 숫자만이 한 번씩 눈을 깜박일 뿐이다 화살표가 높이 치솟는 동안 보일 듯 말 듯 이어지는 가느다란 촉각의 숨결도 문이 열릴 때마다 매몰차게 끊어진다 그때마다 하나씩 하나씩 혼자 남는다 모두가 높이 오르고 있지만, 그 안엔 벽과 마주한 혼자만이 가득하다
>
> -「단면斷面」 전문

처럼, '벽과 마주한 혼자만' 의 세계에서 벗어난 너그러

움의 수용으로 숙성된다. 네모꼴 벽의 구도가 둥글게 바뀌고, 높이 치솟는 화살표의 상승도 그런 너그러움으로 완화할 수 있는 힘을 내부에서 느낀다. 성숙의 자세 아닌가? 용서의 미학은 그런 힘을 갖는다. 그리하여 그것은 새로운 공감의 미학으로 확장되며, 그는 이제야 그런 공감의 세계로 문을 여는 스스로를 대견해하는 것이다.

헐렁한 맛의 헌책,
그 행간에서 만나는
빨간 밑줄이 상큼하다

신기한 조우遭遇인 듯
언젠가의 내가,
다시 나를 만난 듯
반갑게 그 손을 잡는다

여백에 적은 한 줄의 메모까지
한 걸음 더 가까이 다가서면
오랜 동행자인 듯
공감의 환한 기쁨이 새길을 연다

그러나
미지未知의 얼굴은 이미

그 길을 버렸다

단돈 몇 푼 라면값과 맞바꾼 것일까

아니면

득도得道의 새길을 훨훨 걸어간 것일까

밑줄 아래로 가만히 덧줄을 그어본다

- 「밑줄」 전문